Pepper fait des siennes

© Hachette Livre, 2014.

Novélisation : Katherine Quénot.
Conception graphique du roman : Antartik.

Hachette Livre, 43, quai de Grenelle, 75015 Paris.

Pepper fait des siennes

hachette
JEUNESSE

BLYTHE

Passionnée de mode, Blythe passe son temps à créer des vêtements sur son carnet à dessins. Pour elle, la vie est un jeu! Les défis ne lui font pas peur. Et puis tout est possible avec ses amis... qu'ils soient humains ou animaux!

RUSSEL FERGUSON

Ce hérisson sait donner de bons conseils pour se sortir de toutes les situations. Un problème ? Une catastrophe ? Pas de panique, Russel est toujours là pour tout arranger!

PEPPER CLARK

La jolie mouffette est une sacrée comédienne : elle a un avis sur tout, et elle le donne! Mais derrière son assurance, c'est surtout un vrai cœur tendre et une amie sincère.

MINKA MARK

Minka a une âme d'artiste, et comme tous les artistes, ce petit ouistiti est un peu tête en l'air. Mais avec elle, on ne s'ennuie jamais : elle crée, imagine, invente... et a tendance à sautiller partout !

PENNY LING

Qui peut résister aux grands yeux doux de Penny Ling ? Dans son cœur de panda, elle a de la place pour tout le monde. Mais cette grande sensible a souvent besoin d'être rassurée par ses amis.

ZOÉ TRENT

Zoé n'a pas sa langue d'épagneul dans sa poche : la star, c'est elle ! Très talentueuse, elle est aussi toujours prête à partir à l'aventure et à entraîner tout le monde. Avec elle, ça déménage !

VINNIE TERRIO

Ce gecko a deux grandes qualités : son regard de séducteur et son super déhanché... En tout cas, c'est ce qu'il croit ! Attention les yeux, c'est un peu le roi de la piste !

SUNIL NEVLA

Sunil est une mangouste adorable, mais surtout il est prudent. Tellement prudent, qu'il a peur de tout ! Il a le frisson à la moindre occasion. Heureusement, ses amis sont toujours là pour le rassurer.

Fini de rire !

Ce matin-là, Blythe entre dans le Littlest PetShop en portant un mystérieux carton.

— BJMT !

Non, ça ne veut pas dire « les Babouins Jaunes Mettent la Table », contrairement à ce que pense

Mme Twombly. Ça veut simplement dire « Bonjour, Mme Twombly » !

— Encore un colis pour toi, Pepper ! annonce Blythe.

La mouffette sort du carton deux chaussures fourrées à la crème de pistache.

— Ça sent bizarre, note Penny Ling en fronçant les narines.

— C'est un nouvel accessoire pour mon spectacle ! répond Pepper, enthousiaste. Et si vous trouvez qu'elles sentent bizarre, attendez un peu que je les porte !

Riant d'avance toute seule, la mouffette se met à marcher avec ses chaussures en faisant de gros pâtés. Mais les autres animaux ne s'intéressent pas du tout aux

chaussures, ils préfèrent jouer avec l'emballage…

Soudain, Pepper s'arrête, les yeux ronds.

— Hé, qu'est-ce qu'il y a ? Vous devriez rire à en avoir les larmes aux yeux !

Sunil hausse ses petites épaules vertes.

— Le gag de la crème, ça devient un peu banal.

Pepper ouvre des yeux encore plus grands. Tout le monde sait que la crème, c'est ce qu'il y a de plus drôle après la purée de pomme de terre ! Pour le prouver, elle appuie sur une petite poire reliée à une fausse fleur accrochée à sa boutonnière et projette une giclée de crème dans la figure de ses amis. D'abord surpris, ils éclatent de rire. Ravie du résultat, Pepper en remet une couche, tout au moins une giclée, en sautant à pattes jointes sur une bouillotte remplie à ras bord de crème pâtissière.

Ses amis rient encore, mais peut-être un peu moins que tout à l'heure. Et quand Pepper leur envoie une nouvelle giclée de crème en soufflant de toutes ses forces dans une trompette, ils ne rient presque plus du tout.

Maintenant, les petits animaux baignent dans la crème. Elle leur dégouline dans les yeux, les narines et les oreilles. À vrai dire, ils n'ont pas l'air d'apprécier beaucoup la plaisanterie…

Pepper baisse brusquement la tête.

— On dirait que ce gag est démodé !

La mouffette s'aplatit sur la moquette. Si la crème ne fait plus rire, c'est la fin de tout !

La gentille Penny Ling console son amie.

— Tu n'as pas besoin de crème pour être drôle, tu sais…

— Trouve un nouveau style ! conseille Blythe avant de quitter l'animalerie pour partir à l'école. Peut-être sans accessoire ?

Les paroles de Blythe plongent la mouffette dans une profonde réflexion. Un nouveau style ? Mais lequel ? Tout son travail est basé sur la crème ! La crème a toujours fait rire !

Une fois Blythe partie, la mouffette observe avec attention le bouledogue qui vient d'entrer dans la boutique.

— Franchement, me demander de trouver un nouveau style, c'est comme demander à ce bouledogue de garder sa bave dans sa bouche !

Tous les yeux se tournent vers le bouledogue qui bave comme un escargot. Soudain, c'est l'éclat de rire général. Tous les animaux sont pliés en deux, y compris le bouledogue.

— Oh, celle-là, je ne l'avais jamais entendue !

— C'est peut-être parce que tu es sourd comme un pot ! réplique Pepper du tac au tac.

Nouvel éclat de rire général.

— Alors ça, c'est drôle, dit Zoé.

— C'est drôle parce que c'est vrai, analyse Vinnie.

Pepper est rayonnante.

— Je crois que j'ai trouvé mon nouveau style !

Elle se tourne vers Mme Twombly qui est en train de passer le plumeau sur le bar à croquettes en sifflotant.

— Mme Twombly siffle si mal que les oiseaux se bouchent les oreilles !

De nouveau, le rire est unanime… à l'exception de Penny Ling. Le

petit panda n'arrive pas à trouver très drôle que l'on se moque des autres.

— Oh, je suis peut-être folle, dit Zoé, mais j'adore ton nouveau style.

— Tu es folle ! réplique Pepper. Nom d'une chienne à casquette, quelle rigolade !

De plus en plus mal à l'aise, Penny Ling s'approche de Russel.

— Russel, tu ne trouves pas que les blagues de Pepper sont un peu blessantes ? lui murmure-t-elle à l'oreille.

Le petit hérisson lui répond entre deux hoquets.

— Je ne crois pas qu'elle dise ça pour nous faire de la peine. Regarde, tout le monde rigole !

C'est vrai. Tous les animaux sont pliés en quatre, se roulent par terre ou se tapent sur le ventre à force de rire.

— Ah bon, tant mieux, répond le petit panda sans parvenir pourtant à partager leur hilarité.

Après avoir quitté ses amis du Littlest PetShop, Blythe file au gymnase. Aujourd'hui, c'est basket !

2

Nouvelle amitié

Tous les élèves courent sur le terrain en essayant d'attraper le ballon… sauf les jumelles Biskit, qui n'aiment pas cette chose ronde bondissante. Ultra-branchées dans leurs petits shorts moulants, les deux sœurs se tiennent prudemment en dehors de l'aire de jeux. Elles n'ont pas envie d'être décoiffées, vu le temps qu'elles ont passé à fixer leurs barrettes, genre au millimètre près !

— Je déteste vraiment trop le sport ! gémit Britney.

— En particulier ce sport à la noix, ajoute Whitney. Comment ça s'appelle, déjà ?

— Je ne sais pas, mais en tout cas je me demande bien qui a inventé ce truc sadique !

Les deux sœurs poussent un cri. Le ballon fonce droit sur elles ! Tout en se sauvant à toutes jambes, elles se le renvoient en le repoussant, se font un croc-en-jambe et s'étalent toutes les deux à plat ventre au milieu du terrain.

— Ce n'est pas un match, se moque Vy, une grande perche qui dépasse tout le monde d'une tête, c'est un numéro de clowns !

Récupérant le ballon, elle se met à faire sa chochotte pour imiter les jumelles.

— Au secours ! Aidez-moi ! Le grand méchant ballon va me faire bobo !

Blythe et ses amis assistent à la scène, un peu choqués.

— Même si ce sont les sœurs Biskit, je ne peux pas la laisser faire ! s'exclame Blythe.

D'un pas décidé, elle s'interpose entre Vy et les jumelles.

— Pourquoi tu ne t'attaques pas à quelqu'un de ta taille, Vy ?

Vexée, la grande perche laisse tomber. Cinq minutes après, quand la fin du cours sonne, les jumelles vont trouver Blythe.

— Blythe, on ne pouvait rien faire contre Vy parce qu'on avait genre dépensé toute notre énergie en courant !

— Il faut dire que Vy était méchante, remarque Blythe.

— Mais toi, tu nous as défendues ! répond Whitney en prenant Blythe par l'épaule. Alors, maintenant, tu es genre une des nôtres.

— Une des vôtres ?

— On te pardonne carrément de nous avoir manqué de respect aussi souvent ! ajoute Britney en prenant Blythe par l'autre épaule.

— Vous me pardonnez ?

— Tu es notre nouvelle meilleure amie, concluent les deux sœurs.

Sous le regard stupéfait de Sue, Youngmee et Jasper, les deux filles

entraînent leur nouvelle meilleure amie avec elles. Blythe ne réussit à leur fausser compagnie qu'au cours suivant, quand les jumelles rejoignent leurs places favorites, au fond de la classe. Tout le monde a quand même eu le temps de voir qu'elle semblait désormais très copine avec les deux pimbêches de l'école.

Quand l'heure du déjeuner sonne, Blythe se dépêche de filer au réfectoire pour s'asseoir à la table de ses vrais amis. Tous les quatre commencent à bavarder gaiement, quand Sue met les pieds dans le plat :

— Hé, Blythe, toute l'école raconte que tu es devenue la meilleure amie des sœurs Biskit.

Ce nom est difficile à prononcer, mais il est aussi difficile à entendre !

Blythe proteste, un peu gênée.

— Pas du tout ! Elles en font des tonnes parce que je les ai défendues en cours de sport. Mais je suis sûre qu'elles ont déjà oublié et qu'elles vont redevenir méchantes avec moi !

À cet instant précis, le major-dome des jumelles dépose sur la table devant Blythe un carton d'invitation présenté sous une cloche argentée. Prenant le carton, Blythe le lit à voix haute, les yeux écarquillés. L'invitation est gravée en relief sur du papier doré. On dirait de l'or véritable !

« Tu es cordialement obligée de rejoindre les sœurs Biskit pour genre le déjeuner. Réservé à notre meilleure amie. Merci de confirmer. »

— Votre réponse, s'il vous plaît ! demande le majordome en s'inclinant.

Blythe regarde ses amis en bégayant un peu.

— D'accord, d'accord… Je sais que ce sont les jumelles Biskit, mais…

— Mais quoi ? s'écrie Sue en attendant la suite avec impatience.

— … et qu'elles font des choses affreuses…

— Oui ? s'écrie Jasper, les sourcils levés.

— Mais, continue Blythe, de plus en plus gênée, elles font de gros efforts. Alors, peut-être qu'elles méritent une seconde chance ?

— Ou peut-être pas ! répond Sue, glaciale. Mais tu sais quoi ? Fais ce que te dicte ta conscience.

Blythe ferme les yeux. Sa conscience lui dicte des choses contradictoires. Prenant sa décision, elle se lève et quitte la table.

— Sa conscience n'a pas pu lui dicter ça ! gémit Sue.

Blythe arrive devant les jumelles.

— On peut dire que tu as pris ton temps ! grince Whitney.

— Je ne suis là que pour une minute, répond Blythe.

Elle a décidé de les remercier poliment et de leur dire que, premièrement, elle mange avec ses véritables amis et que, deuxièmement, elle n'obéit pas à leurs ordres.

Mais les choses ne se passent pas comme ça car, premièrement, le majordome l'assoit d'office sur sa chaise en lui mettant une serviette blanche sur les genoux et, deuxièmement, un autre serveur recouvre la table du réfectoire d'une nappe et dresse le couvert.

Blythe n'ose même plus bouger.

— Merci, dit-elle timidement.

De ses mains gantées de blanc, le majordome verse une limonade d'une cuvée prestigieuse dans les coupes à champagne des trois filles.

— À notre nouvelle meilleure amie ! trinquent les jumelles.

Le défilé de plats commence. En direct, devant les trois filles, le major-dome coupe, cisèle, sculpte la nourriture en rondelles et en bâtonnets. Un feu d'artifice de crudités vole sous ses grands couteaux, avant de retomber artistiquement dans le plat.

Éblouie, Blythe applaudit.

— Trop cool !

Elle se reprend, tourne la tête vers ses amis en constatant qu'ils la fixent d'un air furieux, mais le déjeuner se poursuit, de plus en plus extraordinaire. Après un délicieux plat de poisson et de légumes présenté sous la forme d'une pagode chinoise, le major-dome apporte dans une grande coupe un cocktail de vingt et une baies différentes, qu'il fait flamber sous les yeux des filles ! Une flamme de deux mètres de haut s'élève dans le réfectoire.

Attablés devant leurs plateaux-repas garnis de hamburgers-frites ou de poulet-salade, tous les élèves regardent la scène, impressionnés. Ils ont l'habitude de voir les jumelles servies comme des princesses par François, leur major-dome, mais là, pour recevoir leur nouvelle meilleure amie, elles ont sorti le grand jeu !

— Je ne savais même pas qu'il exis-
tait vingt et une sortes de baies différentes ! s'exclame Blythe, ébahie.
Yougmee va devenir dingue quand
elle va savoir ça ! Yougmee ?

Prenant la coupe de fruits, elle
se tourne vers la table de ses amis,
mais… il n'y a plus personne. La table
est déserte…

3

C'est pas drôle!

Montée sur la scène du Littlest PetShop, Pepper, un micro à la main, enchaîne blague sur blague. Le nouveau One Man Show de la mouffette est un grand succès. Les spectateurs hurlent de rire, à l'exception de

Penny Ling, qui a mystérieuse-
ment disparu.

— Hé, Minka. Tu as de beaux
yeux, tu sais. Dommage que tes
oreilles les cachent !

Tout le monde rit à en pleurer,
Minka la première.

Soudain, une petite patte de
panda tire le ouistiti par la queue.
C'est Penny Ling, qui vient de se glis-
ser doucement hors de sa cachette.
Le petit panda a la mine chiffonnée.

— Hé, Minka ! Ça ne te dérange pas que Pepper t'insulte ? demande-t-elle d'une petite voix.

Minka la rassure d'un grand sourire.

— Oh, c'est juste des blagues ! Tu prends ça trop au sérieux, Penny !

En effet, tous les animaux se roulent par terre de rire à la dernière plaisanterie de Pepper. Cette fois, c'est Russel qui est visé. Même s'il est le dindon de la farce, le petit hérisson rit autant que ses amis. Apparemment, Penny Ling est la seule à avoir des doutes sur l'humour de la mouffette.

Une heure plus tard, à son grand regret, Pepper descend de scène. Les animaux ne peuvent pas s'amuser toute la journée, chacun doit vaquer à ses occupations. S'emparant de sa console de jeux, Russel s'assoit sur son coussin pour reprendre sa partie.

— Russel ! appelle Pepper.

Le petit hérisson ne daigne pas lever les yeux. Il est hyper concentré.

— Attends, je suis presque au niveau guerrier !

Mais la mouffette n'a pas envie d'attendre. Elle a encore une bonne blague à sortir !

— Russel, il paraît que tu as peur des chamallows…

— Ah oui, j'aime pas ça ! reconnaît Russel sans cesser de martyriser sa console.

— Pourquoi ? Ils te rappellent la forme de ton ventre ? réplique Pepper en appuyant son index sur le petit ventre rebondi du hérisson.

Pepper éclate de rire, imitée par tous les autres animaux. Mais, soudain, le petit hérisson repose sa console de jeux et regarde Pepper en fronçant les sourcils.

— Est-ce que tu insinues que je suis trop gros ?

— Non, répond Pepper, mais quand je vois la taille de ton bol de nourriture, je cherche le maître-nageur ! C'est pas un bol, c'est un bassin !

Le succès continue. Tous les animaux rient à gorge déployée. Sauf Penny Ling, bien entendu, qui se bouche les oreilles. Et sauf Russel !

Continuant sur sa lancée, la mouffette se tourne vers Zoé.

— Zoé, je n'oublierai jamais le jour de notre rencontre ! Mais crois-moi, ce n'est pas faute d'essayer !

Zoé commence à rire, puis elle s'arrête.

— Attends, ce n'est pas très gentil !

Pepper pouffe de plus belle.

— Détends-toi, c'est juste une blague ! Vinie, ton cerveau doit être comme neuf... étant donné que tu ne t'en sers jamais ! Et toi, Sunil, tu es si ennuyeux que ce sont les moutons qui te comptent ! Et toi, Minka, je vais t'aider à t'en sortir : tu sais où est la porte ?

Et Pepper rit, rit, rit... sauf que maintenant, elle est la seule. La mouffette ne s'en aperçoit même pas. Elle part à la recherche de

Penny Ling pour lui faire une blague elle aussi.

— Penny Ling ! Penny Ling !

D'un seul élan, tous les animaux s'interposent. Ils viennent de comprendre pourquoi le petit panda ne se montrait pas.

— Pepper, tu sais à quel point Penny Ling est sensible ! avertit Zoé.

Pepper balaie l'argument de la patte.

— Mon nouveau style est super drôle, tu l'as dit toi-même !

— Tu sais, intervient Russel à son tour, on dirait que tes blagues deviennent un peu méchantes.

Pepper ne veut même pas entendre toutes ces idioties.

— Elles ne sont pas méchantes, elles sont drôles ! Et vous n'avez pas encore entendu les meilleures. Penny Ling ! Penny Ling !

Enfin, la mouffette repère le petit panda. Penny Ling s'est cachée dans la cabane en haut du toboggan.

— Penny Ling, viens rire avec nous ! Ce sera si drôle que tu en pleureras !

— Euh, d'accord, dit doucement le petit panda en sortant la tête de sa cachette.

Elle a peur de la blague, mais encore plus peur de faire de la peine à Pepper si elle ne l'écoute pas !

Craignant le pire, Russel fait une dernière recommandation à la mouffette.

— Fais attention, Penny Ling est vraiment très sensible.

— Ne t'en fais pas, je suis une professionnelle !

La professionnelle regarde le petit panda descendre lentement sur le toboggan, en savourant d'avance sa blague.

— Penny Ling, dit-elle, tu as le cœur sur la main… et la cervelle dans les pattes ! Ha ha ha. N'est-ce pas qu'elle est drôle, les copains ?

Mais les autres animaux croisent les pattes d'un air mécontent. Non, cette blague n'est pas drôle ! Non seulement elle n'est pas drôle, mais en plus elle est vexante ! Très inquiets, ils observent Penny Ling, qui ne bouge plus. Sa mâchoire commence à trembler.

— Pepper, ce n'était pas gentil ! s'emporte Russel.

La mouffette éclate de rire.

— Ne sois pas bête, écoute plutôt celle-ci ! Hé, Penny ! N'oublie pas, le talent, ce n'est pas donné à tout le monde. Et tant mieux, parce que tu n'en as aucun !

Russel avale sa salive. Cette fois, Pepper est allée trop loin. Les yeux de Penny Ling se remplissent de larmes. Elles montent, montent, ça commence à déborder, et tout à coup, ce sont les chutes du Niagara ! Les animaux sont presque emportés par le flot qui se déverse des yeux du petit panda. Vite, ils entourent leur amie pour la consoler.

— Qu'est-ce que j'ai fait ? murmure Pepper, toute penaude dans son coin.

4

Journée de filles

Après le déjeuner, tandis que Blythe prend rapidement ses affaires dans son casier avant le cours, Sue et Youngmee la rejoignent, le regard noir et les poings serrés. Les deux filles ont attendu vainement leur amie pendant toute la récréation… Pendant ce temps, Blythe déjeunait avec les sœurs Biskit !

— Je ne vois pas ce que j'ai fait de mal ! se défend Blythe. Ce n'était qu'un déjeuner.

— Un déjeuner de deux heures ! s'emporte Sue.

— Oui, un gros déjeuner avec les sœurs Biskit, répond Blythe d'un air dégagé. Mais c'était juste par politesse.

Sue et Youngmee ne sont pas convaincues. Pas du tout !

— Je vous promets que c'est terminé, affirme Blythe avec un grand sourire rassurant. Plus de déjeuner, plus rien du tout ! C'est fini ! Au revoir, François ! se moque-t-elle en

imitant le ton snob de la voix des jumelles. Écoutez, c'est VOUS mes meilleures amies, et tout le monde le sait!

Elle a à peine prononcé ces mots qu'un cadeau lui tombe du ciel. Il lui est apporté par deux charmants petits oiseaux qui défont les rubans de la boîte.

Blythe ouvre des yeux émerveillés. Une tablette numérique!

Juste celle qu'elle rêvait d'avoir ! Elle allume l'écran. Les visages un peu grimaçants des jumelles apparaissent.

« Salut, meilleure amie ! J'espère que tu aimeras notre genre… petit cadeau ! »

— Oh la la, c'est trop cool ! s'écrie Blythe.

Cette fois, c'en est trop : Sue et Youngmee tournent les talons. Blythe ne cherche même pas à les retenir. Haussant les épaules, elle commence à jouer.

Une nouvelle vie commence pour Blythe. Être la meilleure amie des jumelles Biskit, ça veut dire plein de choses géniales : se faire transporter dans leur limousine conduite par leur majordome, les accompagner des après-midi entiers faire du shopping sans même avoir besoin de porter les paquets, déjeuner dans les restaurants les plus branchés de la ville, et surtout recevoir plein de cadeaux tout le temps !

— C'est ce qu'on fait avec nos amis ! lui susurrent sans cesse les jumelles d'une voix mielleuse.

Les deux horribles chipies savent très bien jouer sur la corde sensible

de Blythe : quelle jeune fille normalement constituée refuserait qu'on lui achète de nouveaux vêtements, des accessoires de coiffure, du maquillage, et tous les derniers gadgets à la mode ?

Ce que Blythe ne voit pas, c'est qu'en échange, les jumelles veulent la couper de ses amis. Et qu'elles y réussissent !

Ce samedi-là, après une grasse matinée chez les Biskit prolongée par un brunch, les trois filles se rendent dans un bar à maquillage. Grimpées sur des tabourets devant un comptoir surmonté de miroirs, elles essaient les dernières ombres à paupières, les derniers eyeliners, mascaras et rouges à lèvres à la mode. Blythe porte la même tenue ultra-branchée que celle de ses nouvelles amies, tendance gothique, rehaussée d'un collier clouté autour du cou. Avoir l'air méchant, c'est le top du top...

Après avoir appliqué un gros trait d'eye-liner sur le bord de ses yeux et du rouge à lèvres mauve sur sa bouche, Blythe se tourne vers les deux sœurs, le regard sombre et la paupière lourde, en quête d'approbation.

— Chères meilleures amies, vous en pensez genre quoi ?

Whitney fait une moue.

—Ça manque un peu de brillant !

— Il faut que tes yeux soient genre comme les nôtres, grogne Britney.

Elle s'empare de son pinceau et ajoute de l'ombre à paupières mauve autour des yeux de Blythe.

— J'ai lu dans un magazine que le glamour n'est pas quelque chose qui s'apprend ! ajoute-t-elle d'un ton perfide.

— On naît avec ou pas, approuve Whitney.

— Mais j'avoue qu'on a quand même quelques astuces, reprend Britney.

— Genre certaines poses…

— Qu'on pourrait apprendre seulement à notre meilleure amie…

— Elles sont carrément top secrètes ! renchérit Britney.

— Ultra top secrètes, ajoute Whitney.

— Tu es prête ?

Blythe se redresse, les yeux brillants.

— Je suis prête !

Fixant son image dans le miroir, Whitney penche légèrement la tête sur le côté en battant des cils.

— La pose de « la jeune ingénue » !

À son tour, Britney appuie son menton sur sa main, l'air pénétré, comme si elle pensait au problème de la faim dans le monde ou à son examen de fin d'études. Ce genre de souci qui lui passe très loin au-dessus de la tête…

— Ça, c'est la pose de la fille genre en pleine concentration !

Blythe est médusée. On s'y croirait !

Pour finir, les deux sœurs avancent leur bouche en cœur.

— La plus géniale de toutes, « le bisou du canard » ! annoncent-elles d'une même voix.

Cette petite bouche en cul-de-poule, c'est clairement très glamour. Blythe est très impressionnée…

— Maintenant, genre entraîne-toi ! concluent les deux sœurs sèchement.

Obéissante, Blythe se met à prendre des poses et à faire des mines devant le miroir. Bouche en cœur, battements de cils, air pénétré… Elle commence

à franchement maîtriser, quand soudain son attention est attirée par des pouffements de rire. Elle tourne la tête. Apparemment, les jumelles sont en train de se moquer d'une cliente de l'autre côté du bar.

— Regarde, Whitney! À mon avis, il n'y a pas assez de maquillage dans tout le magasin pour camoufler ses défauts!

— Mais non, elle n'a qu'un seul défaut : sa tête!

Sans même voir de qui elles parlent, Blythe se met à ricaner avec les jumelles.

— On dirait bien que cette fille a le visage d'une fleur! ironise-t-elle en admirant son air méchant dans la glace. Ou plutôt d'un chou-fleur!

—Je ne sais même pas ce que c'est qu'un chou-fleur ! pouffe Britney.

Les trois filles rient à gorge déployée quand, soudain, Blythe descend de son tabouret pour aller voir qui est la victime de leurs moqueries. Elle fait le tour du bar et… ses yeux s'écarquillent. C'est Sue…

Nouveau style

Au moment précis où Blythe réalise qu'elle est en train de se moquer de sa meilleure amie, Pepper prend conscience qu'elle a fait de la peine, beaucoup de peine à Penny Ling.

À présent, le petit panda ne veut

plus sortir de sa cachette en haut du toboggan. Zoé essaie de la faire changer d'avis, en vain…

— Écoute, Penny Ling, Pepper voulait juste être drôle !

Mais les pleurs du petit panda redoublent. Au prix d'un gros effort, elle hoquette quelques mots qui manquent d'être emportés par le torrent de larmes qui jaillit de ses yeux.

— Moi, j'ai pas… J'ai pas… J'ai pas trouvé ça très drôle…

— Vous savez ce qu'on dit ? intervient Sunil. Faire pleurer, c'est facile, faire rire, c'est plus dur.

La sentence de la mangouste achève complètement Pepper. Non seulement elle fait pleurer

Penny Ling, mais elle ne fait pas rire les autres animaux ! Elle n'a plus qu'à aller se mettre dans le même carton que ses chaussures à la crème et attendre le passage du camion-poubelle !

Soudain, les animaux froncent le nez. Un effluve épouvantable chatouille leurs narines.

— À l'odeur, je dirais que toute cette histoire a rendu Pepper très triste ! analyse Russel.

Le petit hérisson a raison. Quand la mouffette est malheureuse, elle sent très mauvais. Et là, elle est très très très malheureuse !

Les pensionnaires du Littlest PetShop se regardent, consternés. Maintenant, ils ont deux animaux déprimés sur les pattes, dont un qui est carrément irrespirable.

Bravant l'odeur, le courageux Russel s'approche de la mouffette.

— Tu ne vas pas rester toute seule dans ton coin ?

— Euh... Moi, je préférerais, marmonne Sunil en reculant et en se bouchant le nez.

Mais Pepper n'entend même pas ses amis. Elle est inconsolable.

— Je n'en reviens pas ! J'ai fait pleurer Penny Ling !

Maintenant, l'odeur que dégage la mouffette est vraiment insupportable. Il va bientôt falloir que les animaux trouvent des pinces à linge pour se les mettre sur le nez !

— On sait que ce n'était pas méchant, reconnaît Minka en évitant carrément de respirer. Tu voulais juste faire rire tout le monde avec ton nouveau style…

Pepper ne répond pas, mais les

paroles du ouistiti font leur chemin dans sa tête. Puisque son nouveau style ne marche pas, il lui faut donc en trouver un autre. Un nouveau style encore plus nouveau.

Soudain, elle se dresse sur ses pattes, les yeux brillants. La grande artiste est de retour !

—Je sais comment je vais remonter le moral de Penny Ling !

Comme ses amis insistent, elle

leur explique en quoi consiste son nouveau style encore plus nouveau. Ce n'est pas qu'ils se méfient, mais un peu quand même ! En fait, le nouveau style encore plus nouveau de Pepper est tout ce qu'il y a de plus classique, mais néanmoins indémodable. Ça s'appelle du cirque, et le célèbre gag de la peau de banane qui fait rire à tous les coups sera son premier numéro. D'ailleurs, ils en rient d'avance !

Filant à la poubelle, la mouffette plonge la patte dans les immondices. Elle la ressort quelques instants plus tard avec une peau de banane qu'elle va agiter sous le nez de Penny Ling, roulée en boule sur son coussin. Il s'agit de bien faire comprendre au petit panda qu'elle va avoir droit à un gag désopilant...

Ça commence mal, Penny Ling tourne la tête de l'autre côté ! Mais la mouffette ne se décourage pas car elle est sûre de faire rire le petit panda. Et si elle le fait rire, c'est gagné ! Elle pose la peau de banane par terre, court à l'autre bout de la pièce, puis revient en chantonnant, l'air de rien.

Patatras ! Quelle glissade ! Quelle rigolade !

Enfin, quelle rigolade pour Pepper... Car, aplatie sur son coussin, Penny Ling regarde l'artiste avec un air de panda battu, avant de tourner la tête de l'autre côté.

Pepper ne s'avoue pas vaincue. Elle enchaîne des numéros plus drôles les uns que les autres : roulades, acrobaties, jonglage...

En réalité, c'est vraiment très drôle, et surtout vraiment très réussi. Le clou du spectacle est un numéro époustouflant, où la mouffette jongle non avec des balles ou des quilles, mais avec ses amis ! Vinie, Russel et Sunil volent dans les airs entre les pattes de la mouffette, plus haut, encore plus haut, avant de retomber impeccablement sur leurs pattes. Ça, c'est du grand art !

Pepper lève les pattes, attendant un tonnerre d'applaudissements. Mais il ne vient pas… Penny Ling s'est une fois de plus enfoncé la tête dans son coussin.

Cette fois, Pepper abandonne. Elle baisse les pattes et rampe dans un coin, le plus bas possible, en se mettant de nouveau à sentir mauvais, très mauvais.

— Je m'en veux tellement ! Je ferais n'importe quoi pour que Penny Ling redevienne mon amie !

Mais qu'est-ce qu'elle pourrait faire de plus ? Y aurait-il encore un nouveau style encore plus nouveau que le nouveau style encore plus nouveau ? À vrai dire, elle n'y croit plus…

Choc brutal

Interloquée, Blythe contemple son amie qui la regarde comme si elle ne la reconnaissait pas. Sue continue à se maquiller tranquillement, sans descendre de son tabouret, sans lui adresser la parole, sans même s'étonner de la voir habillée et maquillée comme les jumelles Biskit.

« Qu'est-ce qui m'est arrivée ? » pense Blythe.

L'atterrissage est brutal. C'est comme si elle était devenue une étrangère pour ses amis. Et, plus grave, une étrangère pour elle-même ! Dans les yeux de Sue, Blythe ne se reconnaît plus !

Sans oser déranger son amie, Blythe recule et contourne le bar. Elle se retrouve face aux jumelles qui la dévisagent d'un air mécontent. Les deux sœurs ont très bien remarqué un changement dans l'attitude de leur nouvelle meilleure amie. Un changement qui ne leur dit rien de bon.

— Dis-moi, Blythe, cette fille ressemble beaucoup à une de tes anciennes amies super moche. Tu as carrément raison de te cacher !

Blythe se raidit. Soudain, la colère la prend. Une colère énorme. D'un seul coup, elle a envie d'envoyer les deux sœurs le plus loin possible d'elle, à l'autre bout de la planète !

— Super moche ? Dites plutôt une amie extraordinaire ! Le genre d'amie que vous n'aurez jamais et le genre de fille que vous ne pourrez jamais être, ni de près ni de loin !

Et, d'un geste sec, elle arrache le collier de son cou pour le jeter au pied des deux sœurs.

Choquées, les jumelles poussent un cri.

— Tu pourrais genre te calmer ? grince Whitney.

— Ouais, renchérit sa sœur, un peu ébranlée, qu'est-ce qui t'arrive, tout à coup ? Tu sais combien de filles adoreraient être notre meilleure amie ?

Mais cette fois, rien à faire, Blythe a retrouvé la raison.

— Si vous saviez comme je les plains !

Whitney toise Blythe de haut en bas.

— C'est drôle, tu te plaignais beaucoup moins quand on te faisait des cadeaux !

Blythe regarde le tube de rouge à lèvres qu'elle tient encore entre ses doigts, puis elle le jette par-dessus son épaule.

— J'ai compris que ce que j'aimais, c'étaient les cadeaux. Pas vous !

Folle de rage, Whitney s'avance vers Blythe d'un air menaçant.

— Qu'est-ce que t'as dit, genre ?

Blythe ne recule pas d'un centimètre.

— C'est carrément simple. Ces cadeaux étaient gentils. Vous… non !

Les deux filles se consultent du regard. Puis Britney dévisage Blythe avec un sourire mauvais.

— Eh bien, tu peux dire adieu à tous tes cadeaux !

D'un claquement de doigts, elle fait signe au majordome d'approcher. Réagissant au quart de tour, François arrive au pas de course avec un grand carton. Il commence par confisquer tous les sacs en papier de Blythe, contenant ses derniers achats, avant de prendre la jeune fille par les pieds et de la secouer comme un prunier. Des dizaines d'autres cadeaux tombent de ses poches : maquillage, bijoux, console de jeux, iPod, tablette numérique, casque, téléphone dernière génération, et même une liasse de billets de banque et un mini vélo ! À la suite de quoi, après avoir laissé retomber Blythe comme un sac de pommes de terre vide, le majordome entasse tous les objets dans un carton qu'il emporte avec lui. Sans un regard pour leur ex-nouvelle meilleure amie, les jumelles lui emboîtent le pas, après avoir tourné le dos à Blythe d'un claquement sec des talons.

En se redressant, Blythe regarde partir avec une pointe de regret, non pas les jumelles, mais tous ses cadeaux.

Soudain, elle tourne la tête. Sue est devant elle et lui tend la main pour l'aider à se relever.

— Salut, Blythe !

— Oh ! Salut, Sue, murmure Blythe.

— Qu'est-ce qui t'est arrivé ?

— Les jumelles Biskit, voilà ce qui m'est arrivé ! soupire Blythe en se remettant sur ses pieds.

Elle regarde son amie dans les yeux, sur le point de pleurer.

— Sue, je regrette d'avoir échangé notre amitié contre les cadeaux des Biskit ! Je crois que j'ai oublié qui étaient mes meilleures amies.

Sans rancune, Sue sourit à son amie.

— Tes excuses sont acceptées, à deux conditions.

— Tout ce que tu veux, Sue ! s'écrie Blythe d'un ton vibrant.

Sue pose une main sur l'épaule de son amie.

— Oublie cette histoire de meilleure amie et… s'il te plaît… va te démaquiller !

Folle de bonheur, Blythe se jette dans les bras de Sue. Voilà ce que c'est, une meilleure amie : celle qui vous pardonne. Et ça, c'est le plus beau cadeau dont on puisse rêver !

Réconciliation

— Salut, les amis !

Blythe se fige à l'entrée du Littlest PetShop. Personne ne lui répond. Tous les animaux tirent des têtes de six pattes de long. Eh bien, quelle ambiance ! De plus, question odeur, c'est pas terrible.

Blythe regarde la mouffette d'un air interrogatif.

— Qu'est-ce que j'ai raté ?

Pepper pousse un grand soupir.

— Seulement la fin d'une amitié extraordinaire, rien de grave…

Surmontant la terrible odeur, la jeune fille va s'accroupir à côté de la mouffette.

— Tu me racontes ce qui s'est passé ?

Pepper fait son *mea culpa*.

—J'ai essayé un nouveau style : le comique d'insulte.

Blythe ouvre de grands yeux.

— C'est vrai ?

— Oui, je suis allée beaucoup trop loin et j'ai fait de la peine à Penny Ling. Beaucoup de peine. Et maintenant, elle ne veut plus être mon amie.

Blythe sourit.

— C'est drôle, ça ! Moi aussi, j'ai fait de la peine à une amie aujourd'hui ! Ça a été difficile, mais ça va mieux, maintenant.

Pepper se redresse, intéressée.

— Comment est-ce que tu as arrangé les choses avec ton amie ?

Blythe hausse les épaules.

—Je lui ai dit que j'étais désolée !

Pepper la regarde avec des yeux ronds.

— Désolée ? Quoi, c'est tout ?

Le sourire de Blythe s'agrandit.

— C'est peut-être ce que Penny Ling attend de toi… Pas forcément que tu la fasses rire, si tu vois ce que je veux dire…

La mouffette se gratte la tête. Dire des choses sensibles et sensées, ce n'est pas tellement son registre. C'est une artiste, elle ne connaît que la comédie ! Mais bon, elle va essayer. Elle est prête à tout pour redonner le sourire à Penny Ling !

La mouffette se tourne vers le petit panda, qui est toujours roulé en boule sur son coussin.

— Penny Ling !

Penny Ling se met à trembler. Elle craint le pire. Pepper va sans doute encore lui sortir une plaisanterie méchante.

Dans le Littlest PetShop, tous les regards vont maintenant de Penny Ling à Pepper.

— Hé, Penny Ling, commence Pepper en s'approchant du petit panda, tu connais la blague de la mouffette qui était désolée ?

— Pepper ! la gronde Blythe en fronçant les sourcils.

La mouffette se mord les lèvres. Ce n'est pas sa faute, elle ne sait parler que par des plaisanteries. Déformation professionnelle !

— D'accord, d'accord. Penny Ling, lance-t-elle en regardant son amie bien droit dans les yeux, il faut que tu le saches : je n'ai jamais, jamais voulu te faire de la peine. Mais c'est vrai que je n'ai pensé qu'à moi. Je voulais tellement être drôle que je ne me suis pas rendu compte que je pouvais te blesser. Je suis terriblement désolée et j'espère qu'on redeviendra amies...

Le silence tombe. Tous les animaux ont les yeux fixés sur

Penny Ling. Est-ce qu'elle va recommencer à pleurer ? Est-ce qu'elle va se remettre en boule ? Quelques secondes passent, puis, soudain, le petit panda se dresse sur ses pattes et, sans prévenir, se jette sur la mouffette en la serrant dans ses bras.

— Je suis contente que tu te sois excusée !

— Et moi, je suis contente d'avoir retrouvé ton amitié, murmure Pepper dans le cou de son amie.

Un immense sourire apparaît sur le visage de tous les animaux. Certains ont même envie de pleurer. C'est terriblement touchant !

Mais, brusquement, le petit panda lâche la mouffette pour courir chercher quelque chose. Une minute plus tard, elle revient avec une grosse tarte à la crème.

— Pour toi ! annonce-t-elle avec son plus grand sourire.

Pepper saute de joie.

— Waouh ! Une tarte à la crème de pistache ! Pour moi ?

Penny Ling acquiesce de la tête.

— Oui, mais tu ne trouves pas qu'elle sent bizarre ? demande-t-elle en résistant à l'envie de rire.

Pepper approche son nez. C'est exactement ce que Penny Ling attendait. Et *paf !* Elle lui colle la tarte sur la figure.

Après un instant de surprise, Pepper, toute dégoulinante de crème, éclate de rire.

— Alors là, c'est trop drôle !

Dans le Littlest PetShop, tous les animaux rient aussi, de bon cœur. Il n'y a pas à dire, les gags avec de la crème, c'est indémodable ! Ils rient parce que c'est drôle, mais surtout parce qu'ils sont heureux.

Blythe et Pepper se sourient, complices. Toutes deux ont fait de la peine à leurs meilleurs amis et toutes deux en ont terriblement souffert. C'est une grande leçon qu'elles ne sont pas près d'oublier !

Fin

Les PetShop ont plein d'histoires à te raconter !

Charlie est jaloux

Basile est complexé

Gustave regarde trop la télé

Valentine est amoureuse

Jules fait son chef

Lucie a un admirateur secret

Anne est paresseuse

Romain s'ennuie

Clémence ment tout le temps

Emma n'aime pas partager

Léo cherche de nouveaux amis

Félix déménage

Chloé se dispute avec son frère

As-tu lu les premières aventures de Blythe et ses amis ?

Tome 14 :
Le pouvoir de Blythe

Tome 15 :
Russel le cool

Pour tout connaître sur ta série préférée, va sur le site :
www.bibliotheque-rose.com

Au Littlest Petshop, il se passe toujours quelque chose.
Retrouve Blythe et ses amis dans le tome 17 !

Penny Ling à la rescousse

Vite ! Blythe a un rendez-vous avec Sue.
Pour ne pas le rater, elle grimpe dans le monte-
plats du Littlest PetShop avec Zoé, Pepper
et Minka. Mais elle y reste coincée... laissant
Penny Ling derrière elle. Le petit panda
parviendra-t-il à libérer ses amis ?

TABLE

1. Fini de rire!. 9

2. Nouvelle amitié 19

3. C'est pas drôle!. 33

4. Journée de filles 45

5. Nouveau style 59

6. Choc brutal. 71

7. Réconciliation 81

PAPIER À BASE DE
FIBRES CERTIFIÉES

hachette s'engage pour
l'environnement en réduisant
l'empreinte carbone de ses livres.
Celle de cet exemplaire est de :
400 g éq. CO$_2$
Rendez-vous sur
www.hachette-durable.fr

Photogravure Nord Compo - Villeneuve d'Ascq

Imprimé en Roumanie par G. Canale & C. S.A.
Dépôt légal : avril 2014
Achevé d'imprimer : avril 2014
20.4484.0/01 – ISBN 978-2-01-204484-5
Loi n° 49956 du 16 juillet 1949
sur les publications destinées à la jeunesse